冰火

陳銘堯 著

夜空中冷冷閃爍的星星
銀河裡熊熊燃燒的太陽

目次

賜福的夜

喔！這賜福的夜
平安而溫柔！
星星多麼沉靜
天空如此湛藍
娃兒睡得多甜
那懷抱多麼輕柔
而催眠曲彷彿來自天上
一個幸福的地方

啊！這生命的睡眠期
不知不覺的幸福
為何嬰兒老是啼哭？

有如垂憐我冥頑不靈的困頓
在這聖潔的夜色裡
還給我不啼哭的幸福
喔！這蒙福的夜
如此安靜！

人

是否如誕生前
那樣地默默
面臨著什麼
卻說不出話來

是否如初誕
就大哭起來
那樣的世間
無論面對著什麼

是否如呱呱墜地時
第一個肢體語言

痙攣地踢著
踢著媽媽的肚子
這顯然並非哈哈大笑的叫囂
卻只如尚未開眼的仔貓呦呦

透視圖

為何
為何說
悲哀永恆
而快樂短暫

是誰
是誰這樣說
卻帶著憧憬的眼神
深深望向那不可見的消失點
顯得那麼睿智、無畏而尊貴

這明明是一個有福的人嘛！

默劇對白練習

「你快樂嗎？」
彷彿被誰問起
熱切而反覆地問著
這個從未想過的問題
反而惹起莫名的煩惱

為何你就不能
像每天出門
對世界輕快地說早安
那樣微笑點頭呢

那麼，
你是痛苦的囉？

「你痛苦嗎？」
「你——痛苦嗎？」
彷彿有誰
那麼認真地一問再問
變得很懇切
變得很嚴肅
使得你再也無法迴避

「你好嗎？」
彷彿有誰
在這世上
在任何時候

總是劈頭就這樣問著
有如留聲機
機械的外語會話練習
或者你也如會話練習般說：
「我很好。你呢？」
或者，你將對著一面孤獨的鏡子
練習一個默劇演員
聳聳肩的表情

浮世繪

一臉無辜與茫然
仰望天空的盲人
聽過天上人間許多事
想起甚麼似地問道
「天空是甚麼顏色？」
旁人不假思索說
「藍藍的，像大海。」
他瞪大了盲眼
認真地看著天
露出卑微認命的苦笑
他也不曾見過海的顏色
但有人告訴過他

那天上教堂身上穿的
就是藍色
他感到那似喜還悲的聖樂
似乎也是藍的
而記憶中的故鄉
海潮起落唏噓
海風凜冽

這時陽光穿透雲隙
和熙地照在他臉龐
「那太陽呢？」
「金色，像黃金。」
他也不曾見過黃金閃耀
但人家把顆橙子塞到他手中
「這是加州橙，黃澄澄像黃金。」

他聽說那遙遠的加州
像天堂
還有一首舊金山
唱著花、愛和溫柔
而那橙子又酸又甜又遙遠

他又想到雲
詩人們的雲
「那雲呢？」
那人看著滿天彩霞
低迴又沉吟
「像路上行人們的衣裳。」

無法想像，也無法觸及
只是偶而飄過一陣菸味香水味

他聽著人們來來往往
各種各樣的嗓音
還有浮世的話語
在空中飄蕩

忘我

多麼恬靜的夜晚
溫柔瀰漫滿溢

望著繁星點點的天空
那深邃的宇宙
此刻正展演華麗
伏臥屋頂上的夜貓子
似乎忘記了本我
建構著超越物種的哲學

喔！這世界
此刻多麼平靜

多麼溫柔
有人正做著例行的夜禱
超越許多人類的艱辛和不幸

視・覺

都說是秋日美好
獨誰人幽閉
暗自憔悴
那顆心早已成了空殼
悄悄地
就荒蕪一片
感到甚麼都無所謂了
竟就解除了魔咒
無所謂地
走出了黑牢

冷不防
劈頭被潑了一盆陽光
睜不開慣看黑暗的眼
朦朦朧朧

嗯！是這樣的一個秋日
黃燦燦的陽光
正普照著一片荒煙蔓草

不動岩

像是從星空掉落的孤兒
荒野中那些無比孤獨而沉默的岩塊

幾百萬又幾百萬年了
不像被遺棄
更像是自己堅持的存在

不知何時
不知幾度
爬上岩塊的苔蘚
歷經無情的乾旱

早已乾枯
但在殺死她的艷陽的照耀下
不知死過幾次
仍然顯得生趣盎然
像詩意的畫家
繪出柔柔的天鵝絨
有的嬌黃
有的嫩綠

「好美喔！」
在人們不明究裡的讚嘆聲中
如果生死模糊了界線
我也要如此歡呼讚嘆！

迷失的靈魂

曾千百度追尋
一個幻影
千百個幻影中的一個

依稀聽見
一個孤獨的低唱
一個呢喃

彷彿尋覓
又彷彿被召喚

自很遠的遠方
在如此自我親暱的夜闌

荻花

有誰聽見那種哭泣
在曠野
在風中

荻花瑟瑟
在秋聲中顫抖

愧對夕陽
那頭白髮
染上一抹虛幻的金黃
喔！沒甚麼可以挽回的黃昏
地下頑梗的根系

猶巴望著無情的苦雨
有誰看見那種掙扎！
飄飛吧！荻花
飄飛吧！

曾經

啊！那從我指掌間流失的
無法把握
也不曾留住的
妳的感覺

那無情向前方流去的水
不休止也不停留
時光嘩笑般閃耀著夕陽金波
留住的
唯那霧濛濛的記憶

但何等殘酷的生命啊！

我驚覺從我眼底偷偷溜走了
千呼萬喚也不重現的
年少輕狂的風景
我眼中曾經的少女
似乎曾經
也那樣咯咯地笑著
有如黃昏河面閃亮的黃金

花火

將鼻子湊近
盛開如許的花朵
卻懨懨然掉頭他顧
像一隻無趣的老狗

花期有信
豈為君故？

那花是如此嬌豔
且盡情綻放
此刻，在這世上

恐怕沒有比她活得更盡興
更拚命的了

有如寂寞的節慶煙火
在遙遠的夜空冷冷爆開
我看過這樣的女人的一生
像淨空的舞台上
一曲無聲的音樂
一段赤裸的獨舞
因過於激烈而狀似發狂

彼女

曾經驚豔
深深被其複雜所吸引
有如線條簡潔
幾近抽象的素描

有蒼白的月色
吮吸乳房的嬰兒
夢中呢喃著O和U的唇
神祕的內在
勾勒玫瑰，以及
蓮的唇瓣
這詩的淵藪

似探井般
深沉內觀
謎樣低垂的眼眸

眼前
種種色相的唇膏
從珍珠粉　緋紅　到紫紅
甚至還有煙熏黑

從那些在世上精采活過的女人
到想像的自己
抬起
曾經那般的眼神

一瞬間的愛情

如果容許你
這樣傻呼呼
卻認真得可笑地
盯著伊的眼睛看
不言也不語
超過可以耐受的時間
當伊也那麼認真地看著你
卻把你給嚇住了

連自己都還沒搞清楚
更談不上決心要說什麼

在一瞬間

她卻似乎一點也不在乎
噗哧笑了出來
掉頭轉身而去

我說你這個傻瓜啊
你到底想對伊說甚麼？

心語

在這蟲聲喧嘩
寥落無人的黑夜
不鳴之螢啊
只是獨自
煢煢明滅
如此殷殷

昨夜如此
還有前夜
明日若何？

喔！這緘默的夜歸人
看那天星也黯然

啊！
這夜歸人的緘默！

Thrill

如此細緻的手指
像剛剛舒展開來的花瓣
感應翩然而至的蝴蝶
內心也那樣顫慄著

在這時刻

這麼秀氣的手指
來自一個十分蒼老的心靈
有如稚嫩的花蕊
開在懸崖峭壁一株老樹上
他是這樣顫巍巍地
在那顛頂

回聲

悄悄地
悄悄地
一切就甦醒了過來

真寂靜啊
我聽見了昨日的跫音
自無端的遠方

喔！
拉不住
那冷冷的衣袖
我聽見時間的流沙

一座山不知不覺的位移
所有的信念和許諾

不理不睬
這心的哀鴻
一直向前飛去
有如黃昏

而那邊
似有海岸潮汐呢喃
還有船

昨夜你在哪裡

昨夜你在哪裡？
昨夜，還有那些
數不清的夜晚
怎地已遺忘殆盡！

彷彿沒有意義
好像不曾有過
一如昨夜
一如昨夜的你
一如昨夜的我
昨夜，我又在哪裡？！

今夜，黑漆漆
無邊無際
我雙手抱胸
知覺自己

昨夜你在哪裡？
昨夜，還有那些
數不清的夜晚
你在哪裡？
我又在哪裡？

冰中之火

在冬日短暫而無常的明亮中
看似燦然的陽光
如冰凍起來的火焰

含笑不語
斜倚而立
曾深深烙印心中的那人
在歲月中流失了真實感
有如在烈焰火舌舞踊中
幻化搖晃

遂遲疑了向前靠近的腳步
想在這冷冽的陽光中
從那人的燦笑裡
確認那些曾經存在的東西

美麗的人

妳從何處來
施施然來
從一個幽深的洞穴來

穿過盧梭的叢林
如一隻夜間的豹
米勒在羊群上空
畫上黃色月亮的眼瞳

假裝高傲
假裝冷漠
假裝互相看不見

好像活在另一個世界
內心寂寞得要死
美麗的人啊
我知道妳的小祕密

今夜
妳有夢一般的溫柔
從生命深處來的溫柔
如妳留下的一縷幽香
飄過命運幽暗的叢林

遲香

有如泛黃的書信一束
殘留故事的氣味
那半凋的玫瑰

喔！生命
多少風雨
多麼荒蕪
複雜的芬芳
混合了花的爛熟
以及淚水的鹹味
熬煉著純粹

喔！如今
所有的感官疲憊
所有的愛情枯萎
所有的希望可疑

所有的這一切
令人抓狂！

在每一個夢裡

如果你聽不見
那夜雨
悽悽切切
你必然是死了

如果你
不再為一個黃昏掉淚
不再為一個死亡揪心
那你也將聽不見
自己的輓歌

如果你
在一個夢裡
不再為一個愛犯傻
不再為愛死去

在一個夢裡
在每一個夢裡
你將不再戀愛
不再聽見那愛的輓歌

落拓

我從十一月朗朗的天空下走過
搖搖晃晃
恍恍惚惚
想起走過的十月
九月還有八月
有如遙遠的天邊
攸攸飛過一隻雁

七月六月五月
還有四月
我在月曆某些日子上
硜硜然畫圈圈
愈看愈像畫著鎖鍊

三月二月還有一月
好像從甚麼脫落了去
不記得許多
而十二月
明晃晃卻在眼前

有如剛從電影院出來
迎頭撞上變得陌生的世界
愛恨模糊一片

我從十一月朗朗的天空下走過
忽然想起白己的名字
在這朗朗的乾坤

黎明秋月

多少溫柔
多少中秋錯過
畢竟，昨夜
也錯過了

昨夜，喔昨夜！
多麼沉寂
那月光可一樣黯淡？

如果不是這惦念
如果沒有這騷然

誰讓我悠悠夢醒
於凌晨五點的西窗

單我一人的送別
這江上的小圓月
闌珊又闌珊
在沉重如鉛的江面
投映一行粼粼波光
喔！他離去的道途清冷

天要亮不亮
月將沉未沉
但不久亦將隱去
誰也不能挽回

夜來大霧

遠方，不太遠的遠方
慣常藍色的海平面
是不是仍有一波波白色浪花
輕輕拍向靜靜的沙灘
幾枚柔柔的腳印
柔柔的沙灘

更遠，更遠的遠方
海水是不是變得深黑難測
變得洶湧？
你是否聽見

來自天空或海的深處
一種沸騰澎湃！

好像為這霧的突然降臨
我早已預備了這安詳的心智
和足以穿透這一切的
二．〇的視力

彷彿，在這親密的霧氣裡
依稀有白羽翩然

荒涼的心

一陣怪風
靈異地
從無來由的昨夜
無來由地吹起

一陣又一陣
咻咻咻地吹著
像千條鞭子甩打
那海口的風飛砂
鞭打在龜縮起來的人們
荒涼的心上

那砂礫和鹽粒結晶的想像
卻如冰晶雪花
出奇美麗

失憶

記憶是神奇的魔法
它使那逝去的復活
卻也活生生撕裂
早已結痂的舊傷

啊！這記憶的鴉片
使人耽溺
只為了一點點虛幻的快樂
就自甘忍受千百遍痛苦的輪迴
最後只能選擇遺忘

喔！這心理創傷的失憶症
最後變成
沒有悲傷
沒有喜悅
連自己也不想認得自己
這樣的陌生人

在黯黑的夜間來臨時
甚至懶得扭亮電燈
去看這個白天裡已經看夠了的世界

命運

光是這樣盯著伊的眼睛看
煞有介事的樣子
雖說不出話來
卻感到自己已經赤裸裸一般

美麗的人啊！
你一定有一顆溫柔的心
在我還沒能說得出甚麼來的剎那
不會急著走開吧
那一時難以說得清楚的
連自己也還沒搞懂的

不是一個字或三個字
那麼簡單的事

可是時間是無情的劊子手
千分之一秒也不等
那瞬間卻決定了命運

但這就是命運啊！

可悲的先知

像一個古老奇妙的存在
好像從來想的都是別人的禍福
有一天忽然醒過來
蓬頭散髮思量著：我這是怎麼回事？
明明這是個未來式的問題啊！

喔！原來是個悲劇角色
跟所有笨蛋一樣
飢餓時就變得目標明確
而且頗有本事
我們正在合演一齣戲劇
扮演各自的愚蠢

「不要走得比自己快！」
內心的先知得到天啟
用猶太式的格言戲謔地譏刺著
「這戲還沒演到那份上呢！」

徒然

……然後
就有了厭離的念頭
就聽見門被輕輕打開
又輕輕掩上，以及
鑰匙緩緩轉動鎖心
冷冷的金屬聲

然後，
是一種腐蝕性的孤獨
酸酸甜甜的汁液
腐蝕著鐵鏽的心

漫無方向
沒有重量
漂泊無定的意志
終歸也要感到厭倦
最後連影子也不會留下

……如是，彷彿
生命的一段空白
在那假相瀰漫的街頭

秋吟

那沒頭沒腦
盲目蠕動的蚯蚓
似滿足於黑暗地底的鑽行
而你啊
為何卻總是仰望天空
常懷不懌！

恓恓惶惶
無有寧日
或在舞會
或在廟會
萬頭鑽動

如蛆又如蟲
悲夫哀哉
你這萬物之靈！
在這無星無月
一片死寂的暗夜
你可聽得見
蚯蚓發出一種哀鳴

不屬於誰的午後

有這樣一個午後
不屬於誰的午後
不屬於哪個帝國
也不屬於哪個時代
既無現實
也無理想的午後

沒有甚麼意念必須捕捉
沒有話語需對誰說
誰能有如此的自由

喔！甚麼是自我？
我的思念
無定的思念
沒有意志需要自由

當無定的風
那樣偶然地吹拂
我青春的肌膚知覺了

所有的花園皆可疑

這荒郊野外的花園
太華美　太貴族　又太聊齋
一肚子不合時宜的我
頓覺自己格格不入的存在

我苦苦尋思問自己
為什麼？
又何苦來哉？

這累積了幾輩子的困惑
看起來
是得不到簡單的答案了

只那麼徒勞地
為這滴血的夕陽傷懷
而那曬紅了臉的園丁
卻一臉圓融
毫無罣礙

我心虛地
對他擠出淺淺一抿的微笑
試圖掩飾自己臉上的陰霾

水晶宮

這亞熱帶自生自滅的原始林
在烈日和暴雨輪番肆虐下
有如強暴產下的嬰兒
以一種快速趨向死亡的變態滋長
散發一股野蠻腐敗的氣味

然而，
在一個瀕臨絕望的時刻
不期然越過了死亡的巔頂
終於消散了屍臭
且嗅到一絲清涼
啊！是秋了！

那澄澈得沒有焦點的藍色天空下
翡翠般的枝葉
撐起一個高高的穹頂
有如大教堂莊嚴肅穆的殿堂
一群小鳥如天使悠然飛翔
頓覺季節停止了輪迴

似近還遠
來自天上的啾啾鳥鳴
卻似人間市井的對話
彷彿天堂仍有一絲現實幽邈相繫
並存於這水晶宮的純淨與透明中

似乎陌生的一切

像飛嵌在懸厓峭壁
或半埋於無垠的沙漠
有如外星人遺落的
球狀晶體
有著星圖的視網膜
和凸透鏡的瞳孔
然而，像有不可測的命運
或夢的倒影
於其中加深了某種暗影

引頸遠眺
如此殷殷

卻更加遙不可及
頓時失去焦點
逐漸朦朧

就任由記憶和幻影
星星　臉孔　花朵
衣物　器皿　家具　汽車　等等
無重力地零散飄浮
穿越天空的眼瞳
不再企盼
更加明確的影像
或宇宙秩序
或看不見的東西

啄木鳥的黃昏

喔！那重金屬的鼓手
如薩滿起乩
自我虐待般
在虛空中撞擊虛空
撞擊他可憐的頭顱

又如那自我催眠的求道人
敲打著無辜的木魚
重複一個古老的問題
一個永遠得不到答案的問題：
「空　空空　空空空　空空空空
空空洞洞　空洞　空洞」

那麼焦灼
那麼急切
又那麼無助的敲門聲
在上帝的家屋
「芝麻開門　芝麻開門」
這樣唸著咒語
但是那邊只傳過來
空蕩蕩的回音：
「沒有人在　沒有人在」
而那不得不黃昏的暮鼓
終於也漸漸妥協了：
「如是我聞　如是我聞」

鑑照

偶然匆匆一瞥
你看見
一個人
恓恓惶惶
如此忙亂
完全渾忘了自己
他是那麼認真生活著啊！

偶而，你也曾看到
那人
如此凝重
嚴肅看著他自己

或許
他的命運
正經歷一場風暴

你，在這邊
那人
在那邊
也那麼偶然地抬眼
驚詫地看到你水晶球般的眼瞳中
那個彼此不忍卒睹的倒影

騷然

恍恍惚惚
睜不開夢眼
瞎子望月般
翹首眺望
卻只聞縹緲騷動的細響
來自頭頂上方

許是那初春的楓香
在夜深人靜時
兀自那樣顫抖著
似乎猶記不久前的寒風凜冽

抑或是
甚深昨夜
無人知覺
一陣久違的春雨淒切

喔！
是那輪暗淡的月
落入枯藤老樹糾結的枝椏中掙扎

詩人與花

喔！那是你生命演出的時刻
但誰會看見？

那麼纖細而隱遁
也不能像野草花那樣
滿山遍野頑強蔓衍
且肆意綻放

在這腐臭粗暴的人間
你要如何保持你的纖柔和婉約
直到永遠？

誰也不知道
那就去問問詩人吧
但是詩人在哪裡？
他甚至比你隱遁
且難得綻放
又早早凋零

夜鷺圖

為何總是獨自
漫無目的
佝僂又躑躅

為何總是黃昏
靜靜的江水
悠悠地流向
不知何方
且慢慢流走
白晝僅剩的一點點光
而黑暗像有毒的思想
滲透籠罩腐蝕驚慌

天地一片灰暗渾茫
唯那小小的眼珠子
特別圓特別黑
畫家總結般點上最後一筆
彷彿在渾沌中尚有一種絕對

但是經常
牠小心地抬起一隻細瘦的腳
思量著
並未踩下

極

一身黑
蜷臥於白堊牆邊的貓
在明晃晃的白晝
因無所遁形
而喪失了神祕的力量
一雙蜂蜜色的大眼睛
閃神而空茫
漠然閉成一個人字的嘴
洩露小小的祕密一般
向兩旁劃出弧度剛勁優美
細細長長的白色虎鬚

當夜幕沉沉垂降
這蹭蹬的生命
就為暗黑的魔法所喚醒
潛入神祕的夜世界
那身強勁的筋肉張弛
如水銀飽滿流洩
烏黑發亮的毛皮
像夜空雲隙隱隱閃爍電光
而熾熱燃燒著命火的雙睛
從黑暗中射出冷冷的燐光
逼視這美麗夜色中
隱形的世界

廟宇石珠

冬天神祕的陽光
在青斗石珠上雕出弧線
有如行星運行的軌跡
又像菩薩低眉

曾經嶙峋粗礪的岩塊
現在如此圓滑
歷史和天道
還有可疑的真理
在廟埕陽光若有若無的照射下
彷彿同時顯現

而神殿
曾經堂皇矗立
而神
曾經在那裏被膜拜

如今只留下
這些被壓扁的圓球
彷彿看得見
這些人的柔順
和頑強的抗壓性

不是眼淚的淚水

已經拼了老命奮力一搏
終究還是不意外地敗了
但好像習慣了失敗
那種可鄙的認命的豁達
在這麼樣一日的盡頭
不自覺地
打了一個舒舒服服的大哈欠

混合著疲乏、困頓
或許還有些許遺憾
或希望渺茫的希望
這對苦命的「賺食人」

同時打了這麼舒服的大哈欠
而發出了既像嘆息又似滿足的怪聲響
並意外看到了彼此的大嘴巴
互相交換了一個被活逮的表情
荒誕地大笑了起來
從眼裡湧出
不是眼淚的淚水來

æ！

不是a
也不是e
而是類似æ的一聲
加了驚嘆號的
æ！

不是痛
也不是嘆
卻是自然反射
擠過繃緊的聲帶
從僵硬的牙關衝出慘叫的一聲
æ！

「怎麼了？」
疑似缺少痛苦神經的妻
被嚇了一跳
「這次——又——怎——麼——了——」

不是　啊！
也不是　唉！
也不是　呀！
把這些加起來
就有一點近似了

見過我受苦受難（包括作夢時）
各種表情
但沒見過我這種繃緊頭皮

歪嘴擠眼的潑模樣
這次她說：
「活該！」

一個人的身影

旁若無人
全然自我地
眺望遠方

彷彿在黑暗中
電光火石一閃的瞬間
在這浮薄而猥褻不堪的時代
在整個屈辱的民族中
看見那個身影

而那身影，總是
在那一閃的瞬間
又沒入無邊的黑暗中

向前走

如果你能看見
這麼一個人
在茫茫人海中
千山獨行的一個人
獨自一人的自由
獨自一人的心思

如果你能看見
不斷前進的一個人
他所經歷的哀慟
他已拋下

他所忍受的屈辱
他已跨越

如果你且想像
橫亙在他前面的
即使是災厄或死亡

如果你能看見
這麼一個人
他的腳步
並不因之遲疑

人生也只能臆想

我曾對月高歌
孤獨且慷慨
他們不解這衷曲
卻回我以哀嚎

我曾舉目對蒼穹
透視宇宙的初始
那是我縹緲的來處
他們不能看見我的思想
於是便也臆想
他們七彩的幻夢

（Inspired by　蔡秀菊油畫『狗沒想到的事』）

註：

「iPaint我畫畫會二〇一六展」蔡秀莿畫了一隻看似無主的黃狗。牠頭上的天空，有七顆彩色的太陽。牠的尾巴是翹起的，嘴巴是張開的，而眼睛像是盯向吸引他注意的一個方向，這個方向既不是畫的正面，也不是牠橫著站定的正前方，也不是觀畫者這邊。筆意色彩粗略模糊，可見畫家意不在此，而在一種微妙的象徵。我於是有了詩意的聯想。

獻給你，朋友！

朋友！我的朋友！
請容我獻上我自己

這是我的腿
曾經伴你而行
也曾賭氣一意孤行的腿
曾經爬上險峻的山嶺
曾經越過死亡的陰影
昂然挺立
不隨便屈膝的腿

這是我的手
有著纖細神經的手
曾經在紙上爬行
曾經為悲劇掌燈
寫著詩的手

請看仔細，這是我的手
曾經做過苦工
心甘情願帶著光榮感
乾乾淨淨的手
請記得我們互相握住的剎那
在翻過命運的一頁時
它們曾經顫抖
躍動著我的脈搏

從我那顆稚嫩的心臟
傳遞少年的頻率

請看我的眼
它不能隱藏我的悲哀
請原諒我，朋友
我無意在這艱難的世間
散播痛苦
但我對你既不訴苦也不隱瞞
請看著我的眼
它們幼稚而天真
你曾如此責怪我
但我知道你必不恥笑
這永遠長不大的眼
只因它們看過神聖無邪的美
朋友！請讀我的眼！

這是我的血
鮮紅而潔淨
我的食物來路清白
有宗教般的戒律
我自己的宗教

請看這鮮紅而乾淨的血
它在星光中　在月光中
在莊子　貝多芬　蕭邦中醞釀
且讓我們飲盡這生命的苦杯
我們的生命鮮紅乾淨而芬芳！

生死簿的荒謬辯證

哭吧！
哭出聲來吧！
不哭出聲來
就會成為死嬰
被偷偷丟棄

哭吧！
放聲大哭吧！
不管是在無助的黑夜
或可疑的白晝
不管有沒有爸爸

不管有沒有媽媽
就接受出世的懲罰吧

哭吧！
痛痛快快地哭吧！
不哭出來
就會成為死嬰
被偷偷地埋葬於無名之塚
喔！
或許你有一個名字
或許沒有

哭吧！
哀嚎吧！
從你的無名塚

從不見天日的地底
從你被埋葬的胸膛
從塞滿了泥土的嘴巴
哭出聲來吧！
放聲痛哭吧！

安那其

是誰？
在那廢園中小立
喔！老安那其
那理想國早已一片荒蕪
而你忘我遠眺的身影
卻仍熱血洋溢！

喔！誰不曾年少
誰不曾輕狂
誰不曾像現在這樣
滿懷壯志！

喔！為何？
為何家園仍然滿目瘡痍

喔！安那其！
十八歲的安那其！
我們怎可這樣老去！

遯世者

想那萬千屋宇
其中必有一個——
想其中必然住著
孤獨的這一個

彷彿才從哪裡逃出
又把自己深深鎖藏
在嘈雜的鬧市裡
對著一面起霧的鏡子
一再確認自己
發霉的模樣

害怕陌生的臉孔
對可疑的聲響過敏
他把門鈴拔掉
電話關掉
有如拋棄一把潘朵拉盒的鑰匙

然後
認真地呼吸起來

一呼——
一吸——
一——呼——
一——吸——

弄蛇者

喔！那將死於蛇吻的弄蛇者
似乎不知命運的殘酷和諷刺
也不懂得生命不可冒犯的神聖
戲謔地逗弄著
已勃然大怒昂身而立
蓄勢攻擊的眼鏡蛇

彷彿同時
亦被一個隱形的主宰
作弄撩撥著
心生嗔恨
而更惡劣地逗弄著

已憤怒到極點
頻頻攻擊的毒蛇
忽地，亦被激怒般
萌生殺機
殘忍剁斷作勢咬人的蛇頭

那無頭的蛇
劇烈地絞扭著盲目的身軀
狀極痛苦而憤怒

而弄蛇者嘴角浮現一絲惡毒的微笑
用被剁斷的蛇頭上的眼睛
對驚駭的觀眾吐信詛咒
彷彿存心逗弄這些生性怯懦的小人物

風雲

眼前，
在我胸中展開
一幅祖國的秋天
天寬地闊的秋

但是，
偶然從哪裡吹過來
微帶寒意的風
拂過我有痛苦記憶的肌膚
多麼脆弱細嫩
我的心
怎堪品味這樣的吹拂

時而，
在天上陣列如山巒
那雲，
像似過於超然地
連綿橫亙在中央山脈之上
我曾仰望且緬懷

偶而，
也會記起
曾經在心上飄過
太無所謂、太輕淡的雲
那天空卻浩瀚如汪洋

浪蕩子

喔！漂泊的人
為何你總是在旅行
為何你總是厭倦你的家鄉
厭倦安住

喔！
浪蕩漢！
為何你總是墮入情網
不斷戀愛

喔！
漂浪的人！

沒人能說你那樣不好
那反而有點令人羨慕呢！
你可能還是世界上最真
且最自由的人哩！

正午過大笨鐘

時間巨大的陰影
籠罩且滲透
唉！我貧血的東方心靈

一切正在進行中！
正在形成
或正在崩解
這擬態的時間巨靈
正開始它十二下的敲擊

在這人類內在妖怪的咆哮聲中
我一面冒充紳士假裝鎮定
一面揪緊心臟計數

在第十三下鐘聲未被敲響前
被那排浪般的餘波震盪
推向不可知的前方

守候

久久沉浸於漫漫長夜
一種名為黑暗的元素裡
內心熊熊燃燒

那熱切的眸子
卻如遙遠的宇宙那邊
冷冷閃爍的孤星

在黑暗慢慢消退的破曉
那彷彿堅持著甚麼的容顏
蒼白浮現
如徹夜未眠的月
彷彿守候著
能看見甚麼的這一刻

山澗

那幽秘的山澗
穿林漱石
不捨晝夜！
沒人知道它從哪裡來
要往哪裡去

走過多少崎嶇
歷經多少曲折！
時或澎湃
時而哽咽
我聽見一個聲音：
你自由了！

卸下沉重的腳鐐一般
真的就輕鬆了起來
像一個人
真的自由了那樣
難道你不是？

用不是自己的方式
灑脫或浮浪的方式走著
其實是自己
感覺不一樣的自己在走著
難道你不是？

搖搖晃晃
如水盪漾
水知悉自己嗎？

但我能看見
那山澗如何流著
那麼清澈
且注滿許多不平的坑洞
隨意向前流去
好像本該如此似地

珍貴之物

那早已遺失
並早就遺忘的玩具
如今忽然勾起一絲回憶
而害起相思來
喔！兒童的戀物癖！

翻箱倒櫃

遍尋不著
那證明曾經存在的童年
且延續至今的生命的物證
變得無比珍貴

曾經多少遷徙
多少流轉
丟失了多少東西
亡逝了多少親人
那珍貴之物
即使早已湮滅
卻彷彿仍然在某處存在似地

叮嚀

「要珍惜喔！要珍惜！」
人氣接生婆以她慈祥而富泰的胖臉
迎接鎮上人家出生的新生命
總是這樣在她心中叮嚀著
總是以一種他人不瞭解的勇氣
等來產婦陣痛的解放
和嬰兒的初啼

「要珍惜喔！要勇敢！」
她知道生命有多難
有多可貴
她也多多少少知道

這產婦和這家人
以及許多人生的故事

而好多年以來
她總會聽聞
這些嬰兒長大以後的事
並鮮活地想起他們初誕的情景
特別是那狀似怒極而顫抖的哭啼
還有鬆一口氣而感恩的家人
心中總也這樣祝福著
「要幸福喔！要珍惜！」

Anamorphosis

如此鮮烈的痛
靈魂淌血的酷刑
這人間地獄的華麗
色彩毒豔
刀刀深刻

而今日的快意
如隔夜的搔癢
欲望的滿足
恰如昨日
一溜煙
就了無蹤跡

徒留一片惘然的慘白

裱框師傅會錯意
給前者釘上畫題『快樂』的小銅牌
而後者給釘上了『痛苦』

於是那些可憐的藝評家
掙扎寫出
他們浮華的快樂
和蒼白的痛苦

而畫家自己
則超越了名相和情緒
圓融微笑了

自白

天將亮

一張紙
仍然空白

一支筆
仍然躺著
仍然清醒

一棵樹的倒影
在碎裂的天空顫慄
在靛藍的波心蕩漾

一張紙
仍然空白

一支筆
仍然躺著
仍然清醒
孤獨而冷肅

天將亮
而月光仍在掙扎

聞歌

我坐在那裡
甚麼也不做
甚麼也沒做
師父說
沒甚麼比這更重要了

我就這樣坐在那裡
一動也不動
眼前有諸種事物
但我得閉上眼睛
甚麼也不看
直到它們消失為止

像聽話的小朋友
就只是這樣安靜地坐著
師父說
甚麼也不要想
甚麼也不能想
這比甚麼都重要

我靜靜地坐著
好像在等待著甚麼
一動也不動

但是我知覺到
外頭季節輪替著
光陰飛逝著
有時風在呼號

有時鳥似悲啼
有時那歌聲
在雨聲中低低呢喃著
有花在雨中兀自盛開著

舞哲

那麼肅穆的一張臉
一個沒有表情的表情
有如一個絕對純粹的哲學概念
一幅不妥協的樣子

看起來也似乎絕決而純粹
一個那麼俐落的轉身
卻如毫不含糊的音階
在優美的旋律中
那麼順暢滑溜
滑動著……
迴轉著……

跳躍著……

她心中這樣唱著

唱著……

在她的人生中這樣轉著

轉著……

飛躍著……

夜行人

當夜之幽靈以黑蝙蝠的垂天大翼遮蔽大地，林木森森的公園小徑，靜謐中瀰漫著一股幽冥陰森的夜氣。被一種莫名的力量所擠壓，我屏住聲息，縮身躡足而行。彷彿遙遠的記憶中，亦曾這樣走過的錯覺。懷揣著人生有這麼一段無關緊要的時刻，心思卻異常沉重地走著一段沒甚麼特別的遺忘之路。難道這就是人生嗎？懷著這樣的心思，無可不可地走著的時候，在溶溶濛濛的景深中，黑暗的遠處，模模糊糊地浮現一個施施然走來的人影，以既不蹣跚，也不遲疑的步態走來。好像就是這麼一個在生活中，似乎知道自己的方向和去處，卻無可無不可地走著的人，和我一樣的人。而這只是若夢浮生偶遇的一個人罷了。也或許，他亦懷著甚麼樣的心思，走著這麼一段意義不明的路途吧。對這麼一個幽靈般的夜行人，我孤寂的心，油然生出一股莫名的溫暖。夜氣是有一點寒涼，而人生彷彿也是。我抱著一種殷殷款款的熱切，試圖在黑暗中看清他的面目，有如想看清我自己一般。心想也許他亦極目張望對我投以一樣熱切的目光吧？但那人的臉孔，不知為什麼好像還深埋於昏昏茫茫的夜色中。喔！這謎樣的夜！謎一樣的人生！謎一樣的夜行人！

我小心翼翼地，怕驚動一隻沉思的夜鷺一般，繃緊神經，放慢放輕腳步，如僧侶般虔敬謙抑地走著，生怕在無人的黑夜中對他產生敵意的威脅。當我們互相接近到快要錯身而過的一瞬間，我嗅到他身上的體味。那是一日奔波，甚至是經年累月在他身上積澱，像命定一般在一個人的生命生了根的氣味。那混雜了自身和群體、一手或二手菸、以及為了掩蓋自覺或不自覺的體味而塗抹，卻變得混濁不堪的可疑香味。我也依稀聽到了他的呼吸聲。那是一種微弱的掙扎卻無奈堅持下去的聲息。在感受這一切的同時，從黑暗中這才遽然浮現出一個臉孔。那是一張平板而了無生趣的臉孔，屬於一個連抬眼一望都提不起勁來，繼續埋首於黑暗中行走的人。我的心忽然揪皺了起來，感到一種無來由的悲涼。而黑暗中，彷彿有幽靈不懷好意地獰笑著。

銀河之蛙

人性的複雜糾結，如一窪泥淖深陷。而銀河星系本就是個大漩渦。

這世界已經變得太複雜又太欺瞞，以致於那太天真、太純潔而屢受傷害和汙染的人，最後不得不將自己也改造起來同流合污，或退縮到自己私密的洞窟，舔舐傷口。我們不難想像，他是如何將他驚疑而敵意的目光，投向外面的世界。這世界也因而更加為他所誤解而變得杯弓蛇影起來。然而越是這樣，他內心對純真和快樂的渴望，也就變得越加熱切。這生命原本就充滿熱忱和歡愉的啊。而那原本應該俯拾即是、理所當然的東西，在這可悲的世界，卻日益失去自然和平凡，且日益變得稀有而難得。啊！我也曾看過那仍不死心卻日漸冷淡而空茫的眼神。人類的存在，有甚麼比這更為黯淡的前景？

那些玄奧的神學、那些高深的哲學、那些神聖不可冒犯的宗教、那些莫衷一是的道德教條，不但無法幫助我們解決人性最原始的問題，反而使複雜的現代人喪失了單純的力量；使虛矯的文明人忘記了快樂的本能。在喪失了天賜的本能的同時，也喪失了創造奇蹟和超越本能的想像。有如被大樹遮蔽了陽光而無法生長的小草，在這日益龐大的現代魅影遮蔽下，我們原始的生命和想像也日漸枯萎了。喔！失血的、看不到未來的現代人，內在空虛、冰冷的存在，爭先恐後跳上不知終點站是哪裡的現代號列車。而舉目四望，盡是魅影幢幢的動漫城市荒冷景象。那些空氣稀薄的高樓大廈！那些冷漠的機器人！那些幽靈遊魂般的存在，他們空茫地望著夜空繁星點點，知道自己身處的銀河星系十萬光年邊界外，隔壁有個仙女座銀河星系，這兩個銀河星系和零星的銀河系組成天文學家所謂的本土星系。而那只是無垠宇宙中無數個銀河星系之一。我們僅知的更遠的銀河星系是處女座超星系團。宇宙的規模是每個銀河星系都包含幾億個太陽這樣的概念。我們在夜空中看到的微小光點都可能是一個太陽或星系。在比微塵還小的地球上，我這銀河之蛙，還敢遐想著跳躍嗎？

而堪堪存活在我原始記憶中的，是那在洞窟黑暗的深處虎視眈眈的野獸，燃燒著紅色或冷藍燐光的眼瞳。多麼兇猛、多麼神祕，彷彿具有一種原始的魔性和可怕的力量。我們中有誰，亦具有那種直接而狂野的眼神。我們中有誰，將被那野性的魔力所吸引。喔！我聽見那原始的呼喚。我們該如那最狂野、最童真的戀人一般，如那最初始的第一代人類，永遠燃燒著生命原始的火種：那生命的熱情和神祕的火種。難道我們不正是那第一代人類的後代嗎？而你是甚麼樣的現代人呢？在幾千年有文字記載的人類歷史中，

在人性的泥淖中，我們的跳躍有多遠呢？發明了超級電腦SUMMIT的人類，運用超級的運算能力（二〇〇千兆次浮點運算），還有以管窺天的太空望遠鏡和太空船，藉以探測太空。然而人類可以藉著超級電腦，演算出未來人性能有甚麼跳躍性的發展嗎？或許，我們可以找到一個快樂星球？

或許有一天，神祕主義可能成為人類精神史的遺跡吧？

達達的咒語

噢！這自我耽美的世界，私密而聖潔的禁園，從未為人所知，亦從不願讓人發現，只當作是自己最可恥的祕密那樣埋藏於隱隱搏動的心底。只因這愛的魔法的禁錮，只因這愛的荒蕪，至今仍然，我無門的心扉緊閉。只等待著、等待著，假裝冷酷地、假正經地……

噢！無望的等待！可悲的等待！似乎便將要永遠永遠這樣期待下去，病態耽美地、偷偷地、憂鬱地期待下去。期待一個神話似底、夢一般底邂逅。誰是那沒有臉孔的少女？且讓我領妳踏入這已經禁錮了一輩子的祕密花園。

是夢，是夢嗎？有誰是真正醒著！又有誰知道自己夢著？我是那天之驕子，生來就被應許了作夢、肆無忌憚作夢的特權。於是我擁有這狂肆的生命，擁有這願意承擔一切終將幻滅的心靈，擁有這永遠禁錮的花園。唯獨妳、唯獨妳……沒有妳的應允，我的夢將不會有妳。這花園仍將緊閉，一如我的心扉；仍將荒蕪，一如我孤獨的心靈。

是魔法嗎？是誰蠱惑了那麼純真的妳！或者我亦受到愛的詛咒？我是那無法無天的

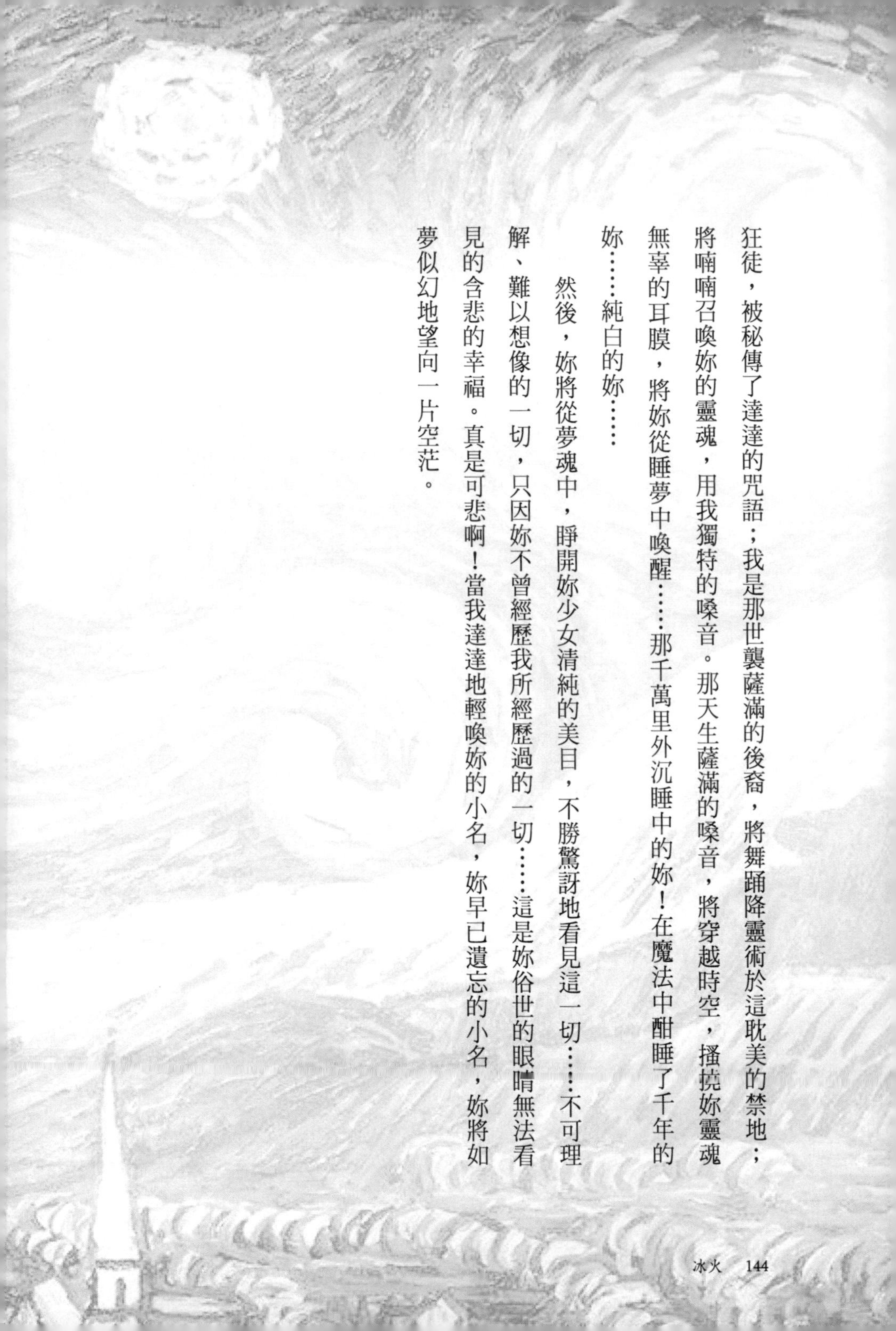

狂徒，被秘傳了達達的咒語；我是那世襲薩滿的後裔，將舞蹈降靈術於這耽美的禁地；將喃喃召喚妳的靈魂，用我獨特的嗓音。那天生薩滿的嗓音，將穿越時空，搔撓妳靈魂無辜的耳膜，將妳從睡夢中喚醒……那千萬里外沉睡中的妳！在魔法中酣睡了千年的妳……純白的妳……

然後，妳將從夢魂中，睜開妳少女清純的美目，不勝驚訝地看見這一切……不可理解、難以想像的一切，只因妳不曾經歷我所經歷過的一切……這是妳俗世的眼睛無法看見的含悲的幸福。真是可悲啊！當我達達地輕喚妳的小名，妳早已遺忘的小名，妳將如夢似幻地望向一片空茫。

沒有意志需要自由

你不會經常看到這個人。他只會在他想要出現的時候、在他想要出現的地方出現。因此，在這艱難的世界，他似乎掌握了某種主動權或某種自由。總之他不是那種可以招之即來、揮之即去的人。在這世上，即便地位再高，也總有聽命於人的時候。這樣看來，他就有那帝王般的氣派。或者可以說，他的生存條件或生命結構，正好達到一個平衡而穩定的最高狀態，使得他的存在，達到一個超凡入聖的境界。

或許這只是一個幻想。他是不是無家可歸的流浪漢，沒人知道。但是「家」就是「枷」。沒有了家，不就自由了嗎？

不僅如此，他那一身完全不在乎旁人勢利眼的衣著，彷彿是他的嘲弄，對週遭華服虛飾的假人們的嘲弄。而他的神色，在傲氣中顯現出尊貴的氣質。雖然沒有人知道其來歷，更不可能知道他那一頭亂髮的腦袋，裡面裝著甚麼。但看到他探照燈般的眼神，你會感到一種被穿透的顫慄，連你的命運也被他看穿了的感覺。更為奇特的是，有些人會懼怕或厭惡他；但是有更多的人卻像看到救星般來問路。所以他的神氣，絕對不是拒人於千里之外的傲慢，或沒有人味的冷酷。反倒是一種給人某種希望或安心，甚或同病相憐的感覺。

說來也真奇怪，你對他的感受和反應，可能正好映照出你是哪種人。你或是那種你鄙視或討厭的人；或你是和他同類的人，具有能捕捉真實的他的慧眼？在他冷然嚴厲的外表下，藏著一顆溫暖的心。你看到哪一種？

西塞羅說：「在群體中要維護個人的自由難，但至少要維護自己內心的自由。」但你知道要維護自己內心的自由有多難嗎？這要比外在的自由更難才對吧。

對於有特權或有反社會人格的人，在群體中我行我素並不少見。但是對一個內省敏銳的人，心靈的枷鎖要比社會的規範更難解脫，更別說人還受到自己不能察覺的潛意識的左右。

在一個不屬於誰的午後，我偶然看見了這樣一個人。他似是遍歷人間的冷暖和無常，再也不興波瀾了。他是那沒有意志需要自由的人。彷彿自由是那麼自然的存在，根本沒有甚麼需要維護的樣子。他這樣瀟灑而浪漫地走著。彷彿沒有目標地走著，在這紛紛擾擾的世途……

寂靜交響

聽覺是一個奇妙的官能。它不只是一個接收器，有時反而比較像一件樂器，專候那失聰的樂聖將心來奏彈。有時又如高掛夜空的天琴，濾過宇宙遍在的天籟，而只聽聞詩人勾起的騷然。喔！這騷動處處的凡響，只是另一種荒遠而麻木的存在，更添我內心寂然。

所謂寂靜者，真正的寂靜，乃是心的寂靜。就如音樂進行中休止的片段，或樂曲結束後到掌聲響起前那片刻的寂然。在音樂的構成裡，那片段的靜寂，代表真正的寂靜，代表音樂家心中絕對的空無，但那卻是蘊含無窮機趣的空無，猶如畫面的留白。而我聽覺的畫布，是那宇宙的天籟，有時卻是那片荒遠而麻木的騷動，而它卻把我推向更空的空無。但是彷彿暗處有那古舊的樂器，有那詩人的手澤，發出脈脈幽光。

多麼聖靈充滿的沉靜啊！這紛紛擾擾的塵世，長長的、恓恓惶惶的一天；耳中被俗世的煩憂和喧鬧所灌滿的一天；彷彿天天如此的一天；此時此刻，在這寅夜裡，在這海角一隅的陋室中，那音樂休止後的靜寂，有如神賜，我感知這一室的空靈。

「咕咕咕咕咕咕咕咕」

是誰突然從黑暗中發出一連串的咕咕竊笑，打破這一室完美的沉寂。是誰在那邊，對我這窮酸遐想的空靈，掩嘴竊笑？它一下子就揭穿了我人生的窘迫和難堪。是甚麼樣的口器，發出這麼諷刺戲謔的叫聲，挑釁這啼笑皆非的人生？而我卻在這復歸的靜寂中，好奇地，有如企盼神啟，企盼著那咕咕竊笑；又如企盼痛苦難忍的搔癢般，企盼音樂反覆加強的主旋律。彷彿若有所悟，回應同類的呼喚，又如探尋似地誘引，彷彿耽溺於一種嘲弄自虐的快感，我乃亦「咕咕咕咕咕」地謔笑了起來。

何等清醒啊！此刻，何等沉痛又何等渺小、何等虛無！然而，你可曾獨白憑弔廢墟，聽聞那帝王的啼泣？你可曾是那孩提，懵懵懂懂，不解告解室裡的喃喃懺悔？或曾在暗夜裡聽到大人們隱晦的低低的細語？你可曾領會人們相對無言那可怕的死寂。

「嘎嘎嘎嘎嘎嘎嘎」

又來了！那串竊笑，現在變得有點殘忍、有點霸道，且不懷好意。

「嘎嘎嘎嘎嘎嘎嘎」

彷彿落在罪人身上的鞭撻，從疼痛的肉體，直透歡欣得勝的靈魂。

「嘎嘎嘎嘎嘎嘎嘎嘎」

「咕咕咕咕咕咕咕咕」

彷彿心中交響著自殘的鞭撻和自嘲的譃笑，那疼痛的快感，先是命運的交響，最終是靈魂得勝的歡樂。——然後是音樂高潮完美的休止。

而最後響起的，不是那淑女矜持膽怯的掌聲；不是那學院派故作高雅的讚嘆；不是那莽漢粗暴的喝采；也不是那久被壓抑的吱吱喳喳的交談。在這眾聲喧嘩的混亂時刻，我更加感到音樂休止後，心中那片孤寂的延續。我不鼓掌，亦不言語，只低徊著如戲人生和所有孳生的頹然和孤寂；有如帝王坐擁一宮殿的沉重和空虛。

「ㄋㄧㄚˋ ㄋㄧㄚˋ ㄋㄧㄚˋ ㄋㄧㄚˋ」

現在響起的，是對可悲帝王惡意的嘲弄。

「ㄋㄧㄚˋ ㄋㄧㄚ˙ ㄋㄧㄚˋ ㄋㄧㄚˋ」

現在響起的，是對人生一切的夢想、一切的堅持、一切的悲喜、一切的傲慢和屈辱、一切的卑鄙和猥瑣，冷冷的嘲笑。

「ㄋㄧㄚˋ ㄋㄧㄚˋ ㄋㄧㄚˋ ㄋㄧㄚˋ」

彷彿發自掠食者殘忍強力抽動的腹腔；彷彿來自黑暗內在一個愛捉弄的小魔鬼，我乃亦殘酷地、冷冷地、自嘲地譃笑了起來。

然而，我的心，一片靜寂。然而——

彷彿，有水潺潺，有火熊熊。彷彿曠野，有一大片怒放的野花，拼命在吶喊。

太陽雨

春去無蹤跡，秋來若眠夢。在這不可捉摸的季節幻變中，連那在樹梢玩捉迷藏似的啁哳鳥鳴，也令人覺得虛無縹緲起來。去年的冬天走得拖拖拉拉、不乾不脆，以致於今年的春天似乎來得很遲。而好像才過了沒幾天，夏天就已經在不知不覺中顯擺在眼前。我這才驚覺，春天已經悄悄溜走了。像一個不告而別的愛人，令人悵惘。迷糊過日的人啊！遲鈍低能的人啊！你待如何？

這過度熱情的太陽，一碧如洗的青空，一忽而就烏雲攏聚、雷聲隆隆、突然倒下傾盆大雨。喔！誰能在這滿目蒼翠的蓬勃生機裡和如幻似真的幸福中，忘卻現實的殘酷呢？世事多變化，人生亦宛然。然而，為何幸福是不可能的呢？

在這場傾盆大雨中，我看見一對年輕的戀人全身濕透，無視這場突來的風雨，忘我地追逐嬉鬧，彷彿享受著在雨中戲耍的瘋狂一般。他們是那麼年輕、那麼自由、那麼放浪，好像跳著舞一般。而人們在天地間，卻顯得那麼膽小、那麼可悲。

對啊！就要這樣的瘋狂！就要這樣的放浪！就要這樣的自由！

管它幸福不幸福！管它幸福從哪裡來！管它幸福是甚麼！

看！他們揮舞著那被玩壞了的小雨傘，在雨中笑鬧尖叫互相追逐著………

彷彿無視那把破雨傘的庇護，他們獲得了整個天空的自由。

原來縮在屋簷下躲雨而懊惱著的我，開始替他們感到高興，也感染了他們甜蜜的幸福。彷彿這世界沒有甚麼能阻止這樣的幸福。也沒人能阻止他們的自由和快樂。為何快樂是不可能的呢？值得記憶的片刻，亦將成為值得記憶的永恆。而我們將使這片刻成為永恆。

【跋】祝福

如果你曾飽嚐人世的冰冷和煉獄的煎熬，你或能感覺這些詩奇特的溫度……
或者，一種情愫會從你心中萌生，儘管那可能是一時難以言說的情愫……
或許是一種亟欲從拘禁你多年的舊軀殼脫出，一個不同的自己在胎動……
也可能你的精神早已從你沉鬱的生命逸出而得到某種自由：
不管是在獨自徘徊的中夜，或尋常的街衢、尋常的人群，一切都不一樣了……
而你似有甚麼要對誰傾訴……
或一種吶喊的衝動……
或者你陷入沉思，以一個全新的自己沉思……
如此，你該已領會了那種冰火淬煉過的幸福，或者力量……
並能看見梵谷眼中神祕的星空……

讀詩人122　PG2271

冰火

作　　者　陳銘堯
責任編輯　鄭夏華
圖文排版　林宛榆
封面設計　楊廣榕

出版策劃　釀出版
製作發行　秀威資訊科技股份有限公司
114 台北市內湖區瑞光路76巷65號1樓
電話：+886-2-2796-3638　傳真：+886-2-2796-1377
服務信箱：service@showwe.com.tw
http://www.showwe.com.tw
郵政劃撥　19563868　戶名：秀威資訊科技股份有限公司
展售門市　國家書店【松江門市】
104 台北市中山區松江路209號1樓
電話：+886-2-2518-0207　傳真：+886-2-2518-0778
網路訂購　秀威網路書店：https://store.showwe.tw
國家網路書店：https://www.govbooks.com.tw
法律顧問　毛國樑　律師
總 經 銷　聯合發行股份有限公司
231新北市新店區寶橋路235巷6弄6號4F
電話：+886-2-2917-8022　傳真：+886-2-2915-6275

出版日期　2019年7月　BOD一版
定　　價　220元

Printed in Taiwan

國家圖書館出版品預行編目

冰火 / 陳銘堯著. -- 一版. -- 臺北市 : 釀出版,
2019.07
面 ;　公分. -- (讀詩人 ; 122)
BOD版
ISBN 978-986-445-338-2(平裝)

863.51　　108008865

讀者回函卡

感謝您購買本書，為提升服務品質，請填妥以下資料，將讀者回函卡直接寄回或傳真本公司，收到您的寶貴意見後，我們會收藏記錄及檢討，謝謝！如您需要了解本公司最新出版書目、購書優惠或企劃活動，歡迎您上網查詢或下載相關資料：http:// www.showwe.com.tw

您購買的書名：________________________________

出生日期：________年________月________日

學歷：□高中（含）以下　□大專　□研究所（含）以上

職業：□製造業　□金融業　□資訊業　□軍警　□傳播業　□自由業

□服務業　□公務員　□教職　□學生　□家管　□其它_____

購書地點：□網路書店　□實體書店　□書展　□郵購　□贈閱　□其他

您從何得知本書的消息？

□網路書店　□實體書店　□網路搜尋　□電子報　□書訊　□雜誌

□傳播媒體　□親友推薦　□網站推薦　□部落格　□其他__________

您對本書的評價：（請填代號　1.非常滿意　2.滿意　3.尚可　4.再改進）

封面設計____　版面編排____　內容____　文／譯筆____　價格____

讀完書後您覺得：

□很有收穫　□有收穫　□收穫不多　□沒收穫

對我們的建議：________________________________

____

____

____

請貼
郵票

11466
台北市內湖區瑞光路 76 巷 65 號 1 樓
秀威資訊科技股份有限公司 收
BOD 數位出版事業部

（請沿線對折寄回，謝謝！）

姓　　名：________________ 年齡：______ 性別：□女　□男

郵遞區號：□□□□□

地　　址：________________________________

聯絡電話：(日) ________________ (夜) ________________

E-mail：________________________________